SOLEIL
MANGA

Écrivez-nous à :
Soleil Manga
25, rue Titon
75011 Paris - France
manga@soleilprod.com

Titre original : HARUYUKI BUS vol.1 by Maki USAMI

Original Japanese edition published in 2006 by Shogakukan Inc., Tokyo
French translation rights arranged with Shogakukan Inc.
through The Kashima Agency

15, bd de Strasbourg
83000 Toulon - France
Conception et réalisation graphique : Studio Soleil
Traduction : Julie Gerriet
Lettrage : Studio Charon
Dépôt légal : Avril 2009
ISBN : 978-2-30200-626-3
Impression : Ercom - Italie

ET LA FOI
OÙ J'AI É
DORMIR CH
LUI AUSSI
ELLE M'A DIT QUE C'ÉTAIT VASEUX !
TU Y CROIS !?
ON EST TROIS DANS UN LIT DE DEUX...
HEIN !? USAMI !!!
TOI ALORS...
QU'EST-CE QUE J'AI DIT DE MAL ?
MOI QUI VOULAIT LE
METTRE DAN
LE COIN DE
LECTEURS.
ÉVITE ÇA !!!
PRENDS-TOI ÇA !
QUAND J'EN AI PARLÉ À MA RESPONSABLE...
ÉVITE !
HEIN ?
ENCORE UNE !
DONC...
BLAGUE VASEUSE
JE L'AVAIS CACHÉ JUSQU'À MAINTENANT.
VOILÀ LE COMMENCEMENT DE "BUS FOR SPRING", MÊME SI LE CONTENU LUI EST TRÈS SÉRIEUX !
PLEIN DE RENCONTRES, DE SÉPARATIONS ET D'AMOUR !
SUR CE, MERCI DE NE PAS ME LAISSER TOMBER ET À BIENTÔT... !
BUS FOR SPRING — ANNEXE — FIN —

... BUS FOR SPRING ! – ANNEXE
BONJOUR, C'EST MOI MAKI USAMI !
JE SUIS ACTUELLEMENT EN TRAIN DE DESSINER CETTE SÉRIE CENTRÉE SUR LES BUS DE VILLE, "BUS FOR SPRING".
EN FAIT IL Y A QUELQUE CHOSE QUE J'AVAIS CACHÉ, MAIS
BOUM
BOUM
POUR TOUT DIRE...
"BUS FOR SPRING" FAIT RÉFÉRENCE À UNE DES BLAGUES VASEUSES D'OMNIBUS !
ちゅど——ん!!
GLOUP
BRR
BRR
OUPS, C'EST DIT
UNE FOIS OÙ J'AVAIS UN COLLÈGUE AU TÉLÉPHONE...
ET POURQUOI EST-CE QUE TU NE FERAIS PAS UNE HISTOIRE SUR LES BUS ?
HA, ÇA ME FAIT PENSER À LA BLAGUE D'OMNIBUS !
HA HA HA
ON VA DIRE QUE JE N'AI RIEN ENTENDU......
え?
HEIN ?
PRENDS-TOI ÇA !

BUS FOR SPRING VOL.1 — FIN —

MÊME SI JE N'AI PAS DE TÊTE...
J'AI BEAUCOUP RÉFLÉCHI...
MAIS LE SEUL AVENIR QUE J'ENVISAGEAIS, C'ÉTAIT CELUI AVEC TOI.
ピンポーン
DING DONG
OUI ?
BIENVENUE !
....

TOUJOURS...
ON SERA TOUJOURS ENSEMBLE !
KAI-CHAN, TU SAIS...

POUR TOUJOURS.
MOI AUSSI...

MÊME SI J'AVAIS VOULU T'EMMENER AVEC MOI...
JE NE SAIS PAS...
CE QU'IL VA SE PASSER POUR MOI DANS L'AVENIR.
ALORS JE NE VOULAIS PAS T'ENTRAÎNER...
AVEC MOI.
......
JE N'AI PAS PU.
MAIS...
MÊME SI C'EST UN CAPRICE DE MA PART...
JE TE JURE QUE JE FERAI TOUT POUR QUE ÇA AILLE.
JE VEUX QUE TU RESTES AVEC MOI.

BAH, GRÂCE À MES COMPÉ-TENCES...
ET À ÇA, SANS DOUTE.
ほ
HA BON...
TU FAIS TOUJOURS CE QUE TU DIS, HEIN ?
JE N'EN DOUTAIS PAS, VENANT DE TOI !
PAS EXAC-TEMENT.
C'EST JUSTE QUE JE NE SAIS PAS DIRE...
LES CHOSES EN LESQUELLES JE N'AI PAS CONFIANCE.
HEIN ?

KAI... CHAN... ?
COMMENT... ?
MA MÈRE M'A DIT QU'IL Y AVAIT EU UN INCENDIE CHEZ TOI !
TU N'AS RIEN !?
NON...
TANT MIEUX...
OUUUF
KAI-CHAN ?
HA
KAI-CHAN ! ET TES EXAMENS !?
HA, FINI.
ÇA S'EST BIEN PASSÉ !?
TRANQUILLE.

JE DOIS ABSOLUMENT LE VOIR !!!

BAH
MOMOKA !?
OÙ EST-CE QUE TU VAS !?
À TÔKYÔ !!!
HEIN !?
EN PYJAMA ET EN BLOUSON !?
JE PEUX LE REVOIR !
JE SUIS ENCORE EN VIE !
CE DOIT ÊTRE ENCORE UN MIRACLE !!!

LA PRISE ÉTAIT ABÎMÉE ?
UN COURT-CIRCUIT, APPAREMMENT.
BLA ガヤ
BLA
EN PLUS MOMO-CHAN ÉTAIT SEULE, SES PARENTS ÉTAIENT PARTIS EN LIVRAISON.
LA PAUVRE
PARDON POUR LE DÉRANGEMENT
……
BAH...
HEUREUSEMENT QUE CE N'ÉTAIT PAS GRAND CHOSE.
J'AI CRU MOURIR...
J'IMAGINE, TU AS EU DE LA CHANCE !
J'AI CRU...
J'AI VRAIMENT... CRU MOURIR...
QU'ON NE SE REVERRAIT JAMAIS...

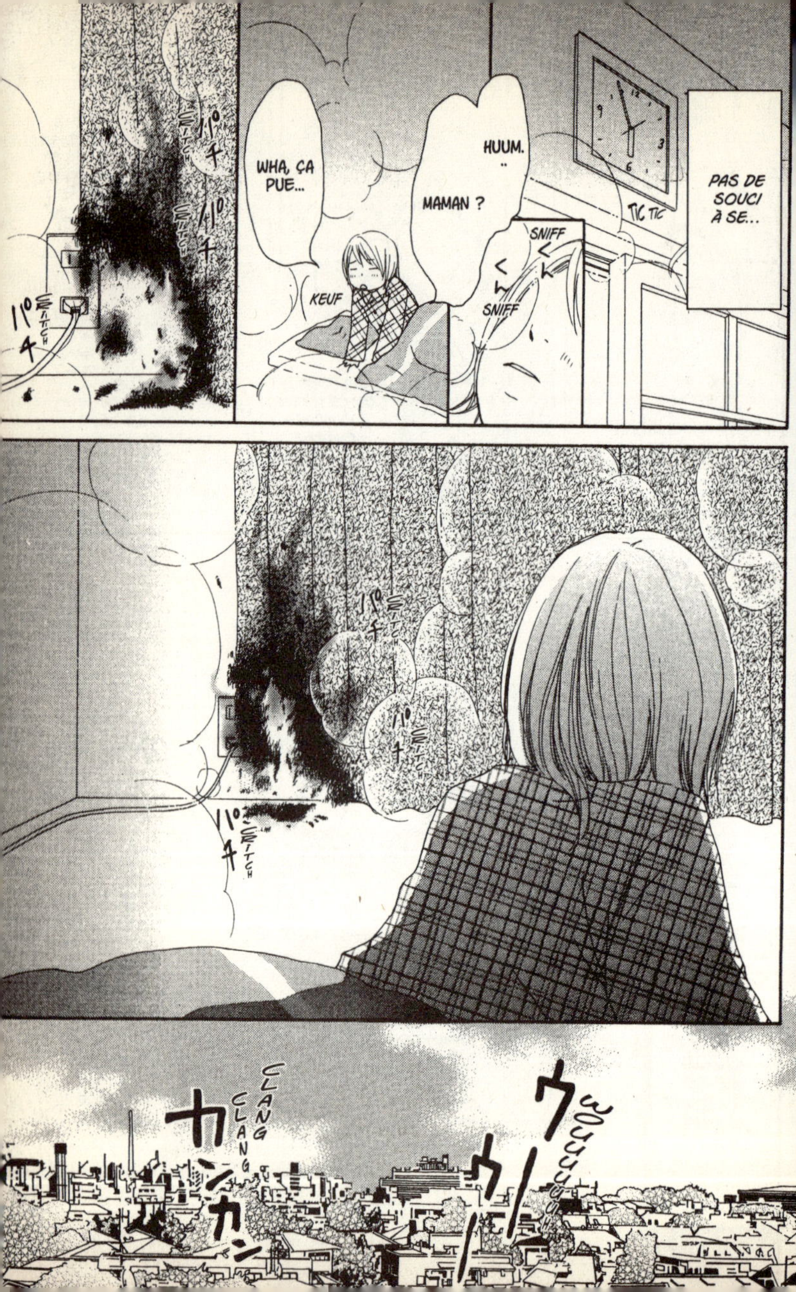

PAS DE SOUCI À SE...
TIC TIC
SNIFF
くん
SNIFF
くん
HUUM...
MAMAN ?
WHA, ÇA PUE...
KEUF
パチ
CRITCH
パチ
CRITCH
パチ
CRITCH
パチ
CRITCH
パチ
CRITCH
パチ
CRITCH
ウーウー
WOUUUUUUUH
カンカン
CLANG
CLANG

MO-MOKA !
HUUM...
NE DORS PAS SOUS LA TABLE !
VA DANS TA CHAMBRE !
BON COURAGE...
....
GHH
QU'EST-CE QU'ELLE A ?
ELLE PARLE EN DORMANT ?
HUM ?
HA, AU FAIT !
PAPA !
TU AS RÉPARÉ LA PRISE QUI ÉTAIT CASSÉE ?
HA HA HA
OUI OUI, DEMAIN.
ENCORE...
TIENS, JE TE METS UN FUTON ICI
HUM ?
LE CONNAISSANT...
IL N'AURA EU AUCUN MAL...
EST-CE QU'IL A DÉJÀ PASSÉ TOUTES LES ÉPREUVES ?
ESPÉRONS QUE ÇA A ÉTÉ...

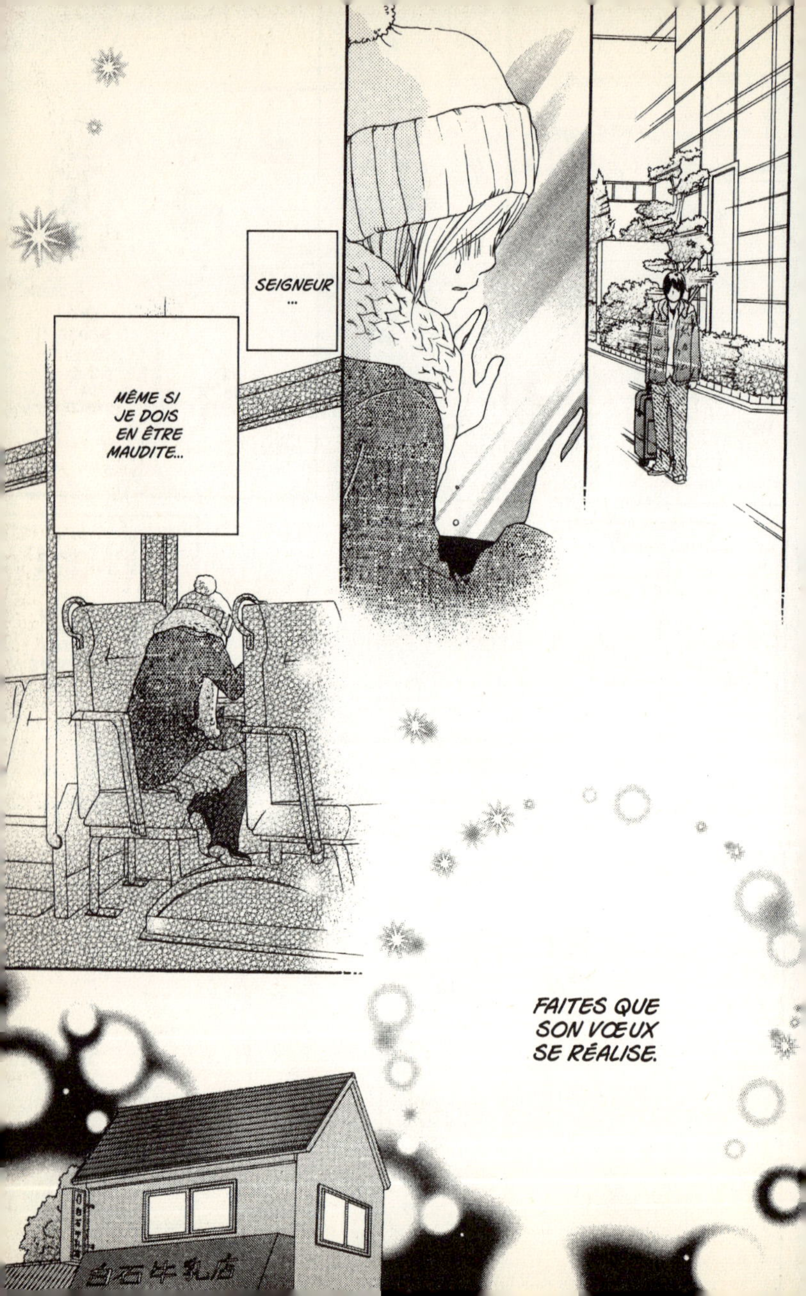
SEIGNEUR ...
MÊME SI JE DOIS EN ÊTRE MAUDITE...
FAITES QUE SON VŒUX SE RÉALISE.
白石牛乳店

KAI-CHAN !
KAI-CHAN !!!
KAI-CHAN, BON COURAGE !!!

プシュ
PSHIIIIIT
IL A SU QUE C'ÉTAIT MOI...
KAI-CHAN...
ガタッ
CLANG
KAI-CHAN !

MERCI.
BON...
J'Y VAIS.

IL VA DESCENDRE OÙ ?
QU'EST-CE QU'IL EST GROS, SON SAC...
HA...
IL VA À TÔKYÔ POUR...
ARRÊT MAIRIE, ARRÊT MAIRIE !
VEUILLEZ DESCENDRE ICI POUR ALLER EN DIRECTION DE TÔKYÔ.
POUR ÇA...
合格守

KAI-CHAN !!!
ひいい
……
……
TAP TAP
POF
す TAP TAP す す す TAP TAP
……

HUM... LES EXAMENS ONT DÉJÀ COMMENCÉ...
JE SUPPOSE QU'IL NE VA PAS TARDER D'Y ALLER AUSSI, ALORS.
HAA
HA ! VOILÀ LE BUS !
JE L'AI EU TOUT DE SUITE...
LA CHANCE !
WHAA

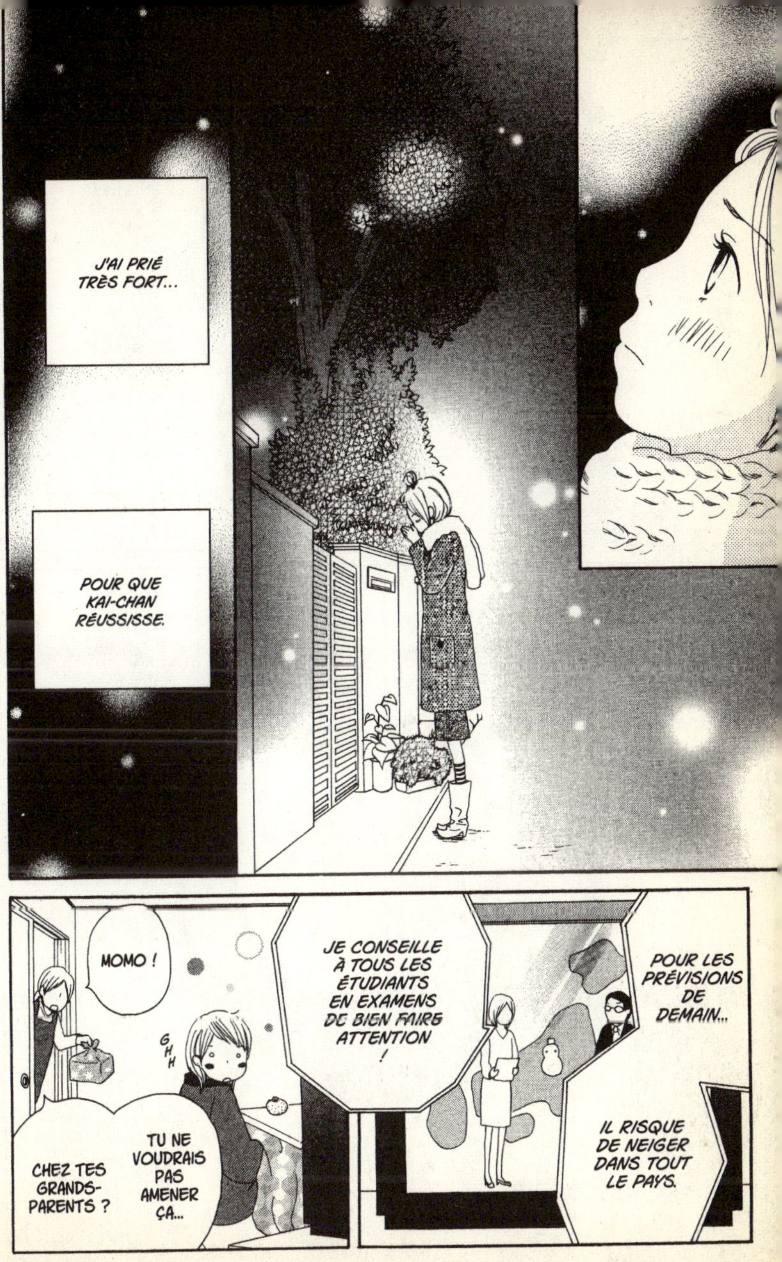
J'AI PRIÉ TRÈS FORT...
POUR QUE KAI-CHAN RÉUSSISSE.
POUR LES PRÉVISIONS DE DEMAIN...
IL RISQUE DE NEIGER DANS TOUT LE PAYS.
JE CONSEILLE À TOUS LES ÉTUDIANTS EN EXAMENS DE BIEN FAIRE ATTENTION !
MOMO !
GHH
TU NE VOUDRAIS PAS AMENER ÇA...
CHEZ TES GRANDS-PARENTS ?

MOMO ! BYE BYE !
BYE BYE !
......
TAP TAP TAP TAP
TOC TOC
RÉUSSITE SCOLAIRE
......
POURQUOI... EST-CE QUE JE L'AI PRIS ?
HA NON, ZUT...
ÇA VEUT DIRE QUE JE LUI SOUHAITE DE RÉUSSIR ET DE PARTIR !
JE SUIS UN PEU DIABOLIQUE, MOI...
FU FU FU
SEKIYA

ARRÊTEZ DE RIGOLEZ !
ON FERA LA FÊTE QUAND ON AURA EU NOS EXAMENS !
ALORS ... RETOURNE RÉVISER CHEZ TOI !
GROUPE DES EXAMENS
AIDE AU MÉNAGE
PAS QUESTION ! LES DIEUX SONT MON DERNIER ESPOIR !!!
SEIGNEUR !
神さまーー
CLONG
CLONG
HEIN ? DES PORTES-BONHEUR ?
ON PREND ?
OUI, JE COMPTAIS EN PRENDRE AUSSI POUR CEUX QUI N'ONT PAS PU VENIR.
POUR LES EXAMENS...
HUM...
SÉCURITÉ
SALUT !
OUAIIIS ! AU NOUVEAU TRIMESTRE !
BON COURAGE POUR LES EXAMENS
OUAIIIS HA HA HA

PEUT-ÊTRE MÊME QU'UN JOUR...
J'ARRÊTERAI DE PLEURER.
ゴーン DOOONG
ゴーン DOOONG
3
2
1......
ALORS ?
PIP
ÇA Y EST !
BONNE ANNÉE !!!
BONNE SANTÉ !!!

ENCORE QUELQUES MOIS.
KAI-CHAN VA SANS AUCUN DOUTE RÉUSSIR SES EXAMENS...
ET ALORS ON NE SE VERRA PLUS.

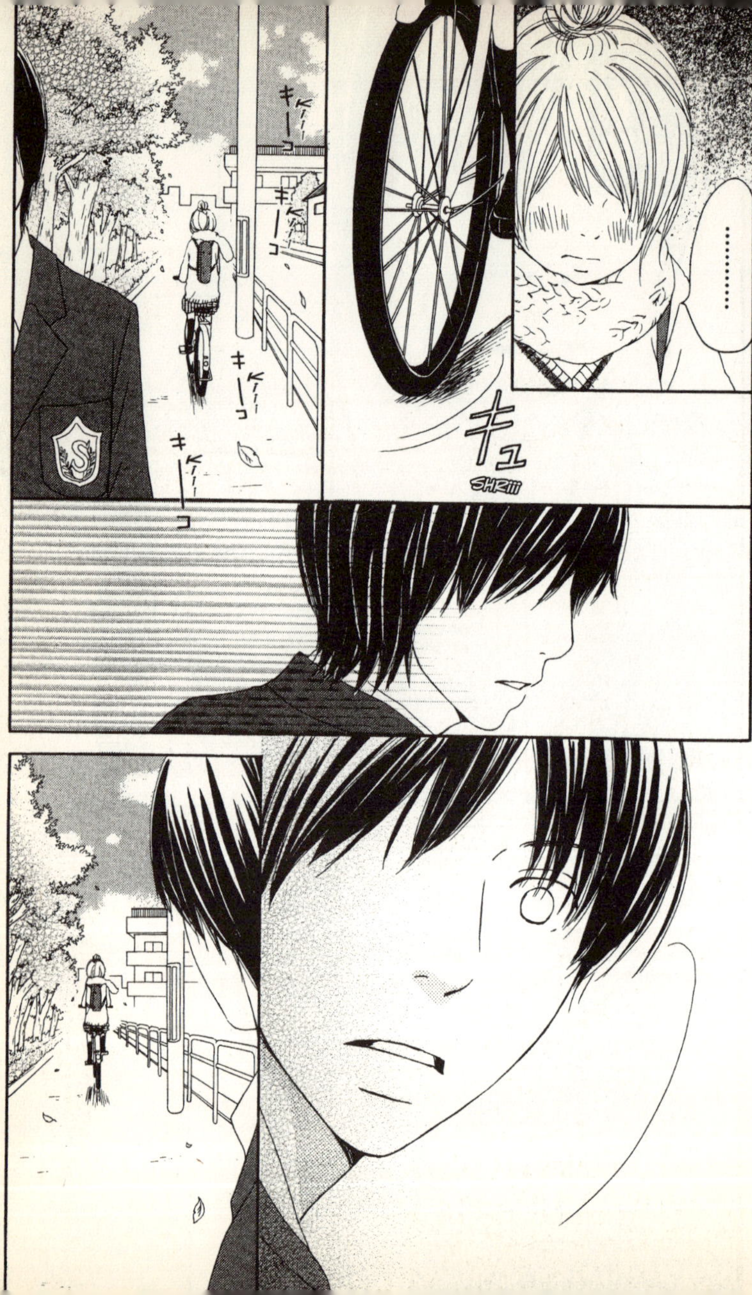
……
キュ
SHRiii
キーコ
キーコ
キーコ
キーコ

J'AIMAIS BIEN ÇA, MAIS...
KIII
SI JE VEUX L'ÉVITER, C'EST LA SEULE SOLUTION.
KIII
GLOUP
......

SAVAIT DÈS LE DÉBUT...
COMMENT ÇA SE FINIRAIT.
POURTANT J'ÉTAIS SI HEUREUSE...
QUAND IL ME SERRAIT DANS SES BRAS...
ヒュウウウ
FOUUUU
FAIT FROID !!!
キーコ
HO !
BONJOUR MOMO-CHAN !
BONJOUR MADAME !
HUM ?
TU NE PRENDS PAS LE BUS ?
HEIN ?
NON, SUIS ÉCOLO, MOI !
HA BON ?
TING
......
キーコ
LE QUARTIER, LE BUS ET L'ÉCOLE SONT LES MÊMES.

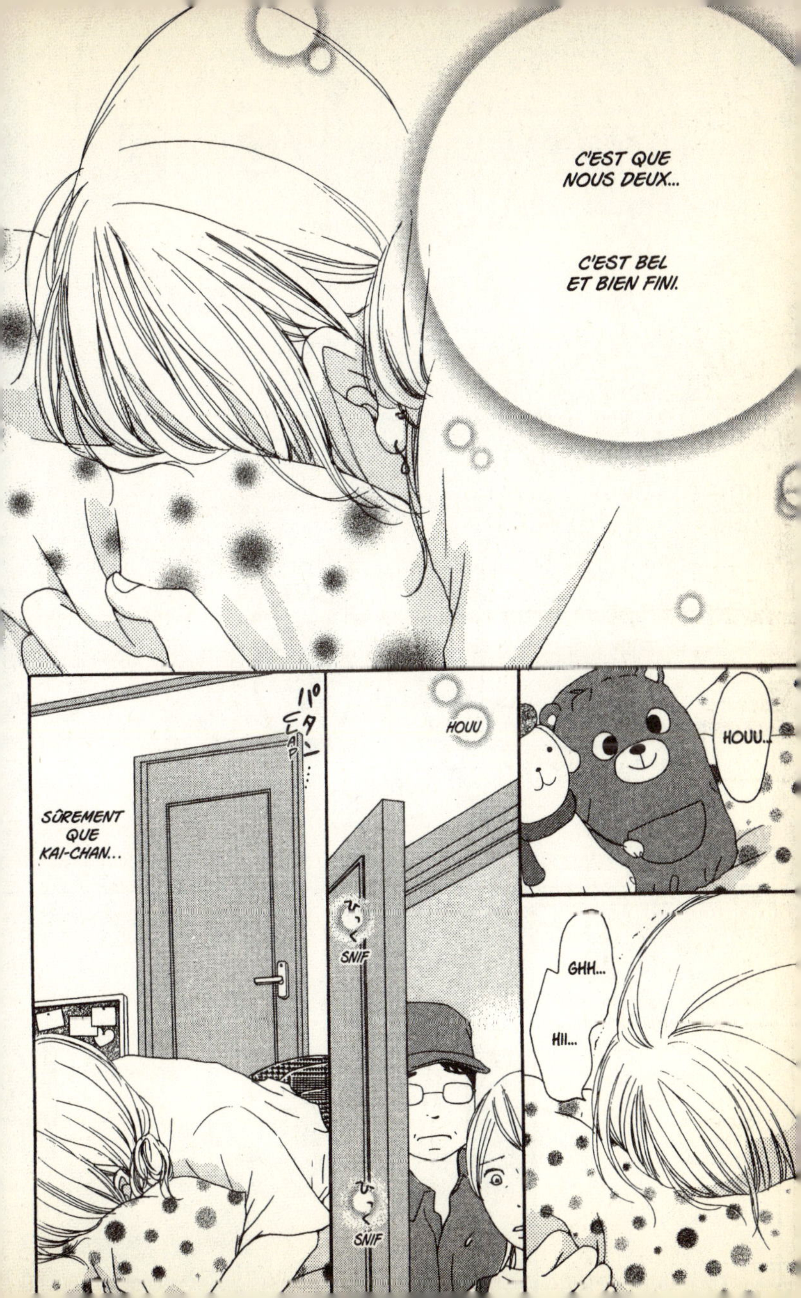
C'EST QUE NOUS DEUX...
C'EST BEL ET BIEN FINI.
HOUU...
GHH...
HII...
HOUU
SNIF
SNIF
CLAP
SÛREMENT QUE KAI-CHAN...

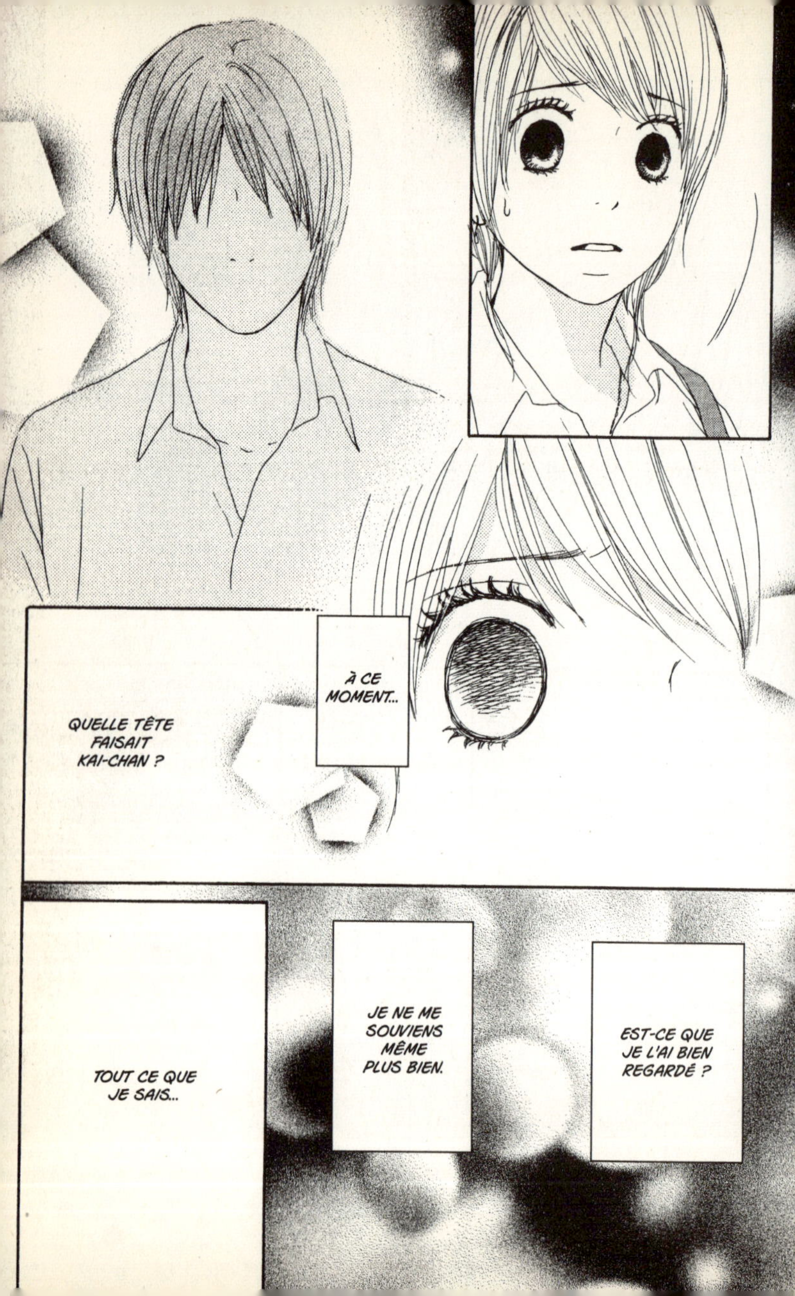

À CE MOMENT...
QUELLE TÊTE FAISAIT KAI-CHAN ?
EST-CE QUE JE L'AI BIEN REGARDÉ ?
JE NE ME SOUVIENS MÊME PLUS BIEN.
TOUT CE QUE JE SAIS...

C'EST ÇA.

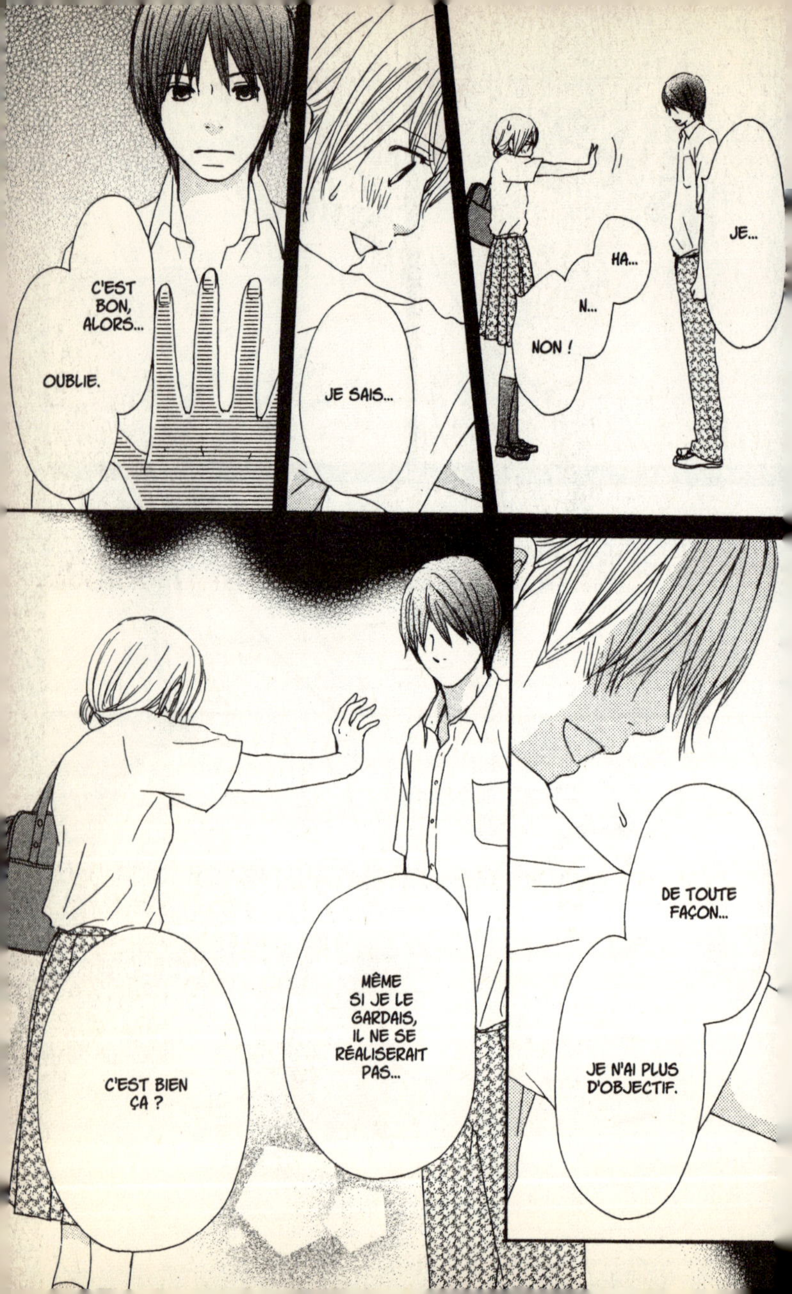
JE...
HA... N... NON !
JE SAIS...
C'EST BON, ALORS...
OUBLIE.
DE TOUTE FAÇON...
JE N'AI PLUS D'OBJECTIF.
MÊME SI JE LE GARDAIS, IL NE SE RÉALISERAIT PAS...
C'EST BIEN ÇA ?

"KAI-CHAN...
TU ES EMBÊTÉ, PAR MA PRÉSENCE ?"
ÇA ME PARAISSAIT ÉVIDENT...
D'ALLER ENSEMBLE À TÔKYÔ...
ET QUE KAI-CHAN PENSAIT LA MÊME CHOSE.
MAIS...
GLOUP
MOMO...

JE L'ADORAIS...
GHH
KAI-CHAN...
"KAI-CHAN"

PAPA, MAMAN !
L'AN PROCHAIN, JE SERAI LAITIÈRE !
白石牛乳店
ENCORE MERCI !
TING
CLAANG
MILK
QU'EST-CE QU'IL TE PREND DEPUIS HIER !? TU N'EN AS PAS MARRE À LA FIN !?
KAI-CHAN A TOUJOURS FAIT CE QU'IL DIT.
MOI QUI N'ARRIVE JAMAIS À TENIR MES PROMESSES, JE TROUVAIS ÇA CLASSE.

WEST...
EAST...
... 5TH BUS STOP
ITINERAIRE VERS L'AVENIR
– FIN

JE CROYAIS...
AVOIR DEUX SOLUTIONS.
ENSEMBLE OU À DISTANCE...
MAIS...
IL Y EN AVAIT UNE TROISIÈME, EN FAIT.
CELLE DE ROMPRE...

KAI-CHAN...
TU ES EMBÊTÉ, PAR MA PRÉSENCE ?
....

KAI-CHAN ?
ON NE SAIT PAS COMMENT ON VA ÉVOLUER DANS NOTRE NOUVELLE VIE...
DANS UN MONDE QU'ON NE CONNAÎT PAS.
PEUT-ÊTRE QU'ON SE SÉPARERA.
SI ÇA ARRIVE...
QU'EST-CE QUE TU DEVIENDRAS, À TÔKYÔ ?
J'AI EU L'IMPRESSION..
QUE C'ÉTAIT INÉVITABLE...
KAI-CHAN...

JE NE ME SENS PAS DE TE DEMANDER DE M'ATTENDRE...
ET MÊME SI TU ME SUIS...
JE N'AI AUCUNE CERTITUD SUR MON AVENIR.
C'EST POUR ÇA...
TON OBJECTIF...
SI TU LE LAISSAIS TOMBER ?

……
UN PEU HONTE, MOI...
あははは
BON, J'AI ENCORE UN TAS DE CHOSES À FAIRE...
SALUT !
MOMO...
ATTENDS !
ATTENDS UN PEU.
KAI-CHAN ?
JE T'AI DIT...
QUE JE NE COMPTAIS PAS RENTRER UN JOUR.

CONCRÈTEMENT JE NE SAIS PAS ENCORE, MAIS...
SI TU ME DEMANDES CE QUI EST LE PLUS IMPORTANT POUR MOI...
ENTRE LES DEUX...
RESTER ENSEMBLE...
OU NON...
ET BIEN MOI...
JE VEUX PRÉPARER MON AVENIR AVEC TOI !!!

ピンポーン
DING DONG
ガチャッ
ULAAAM
HAA
HAA
MOMO...
HA...
HOP
!!
NON !
RESTE LÀ !
JUSTE POUR CONCLURE !
J'AI BIEN RÉFLÉCHI...
ET JE VEUX ALLER AVEC TOI !

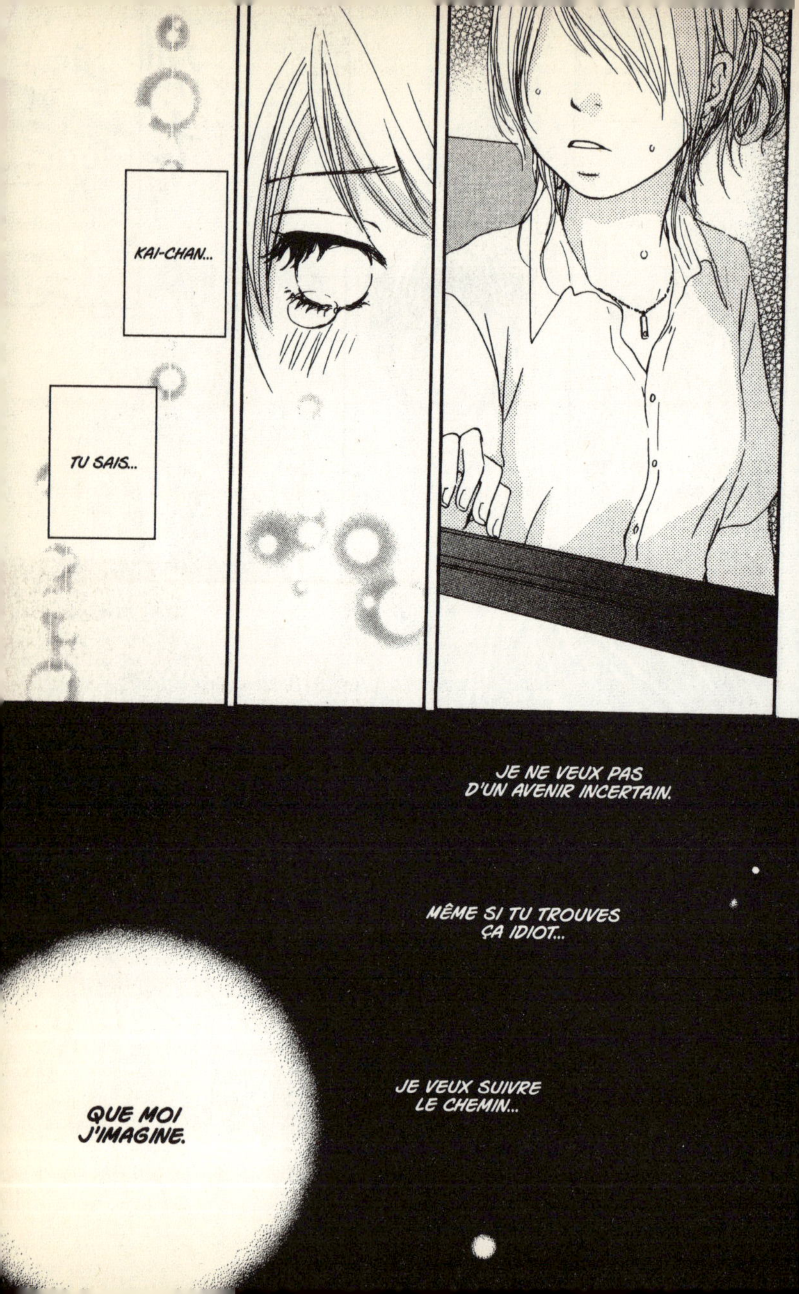
KAI-CHAN...
TU SAIS...
JE NE VEUX PAS D'UN AVENIR INCERTAIN.
MÊME SI TU TROUVES ÇA IDIOT...
JE VEUX SUIVRE LE CHEMIN...
QUE MOI J'IMAGINE.

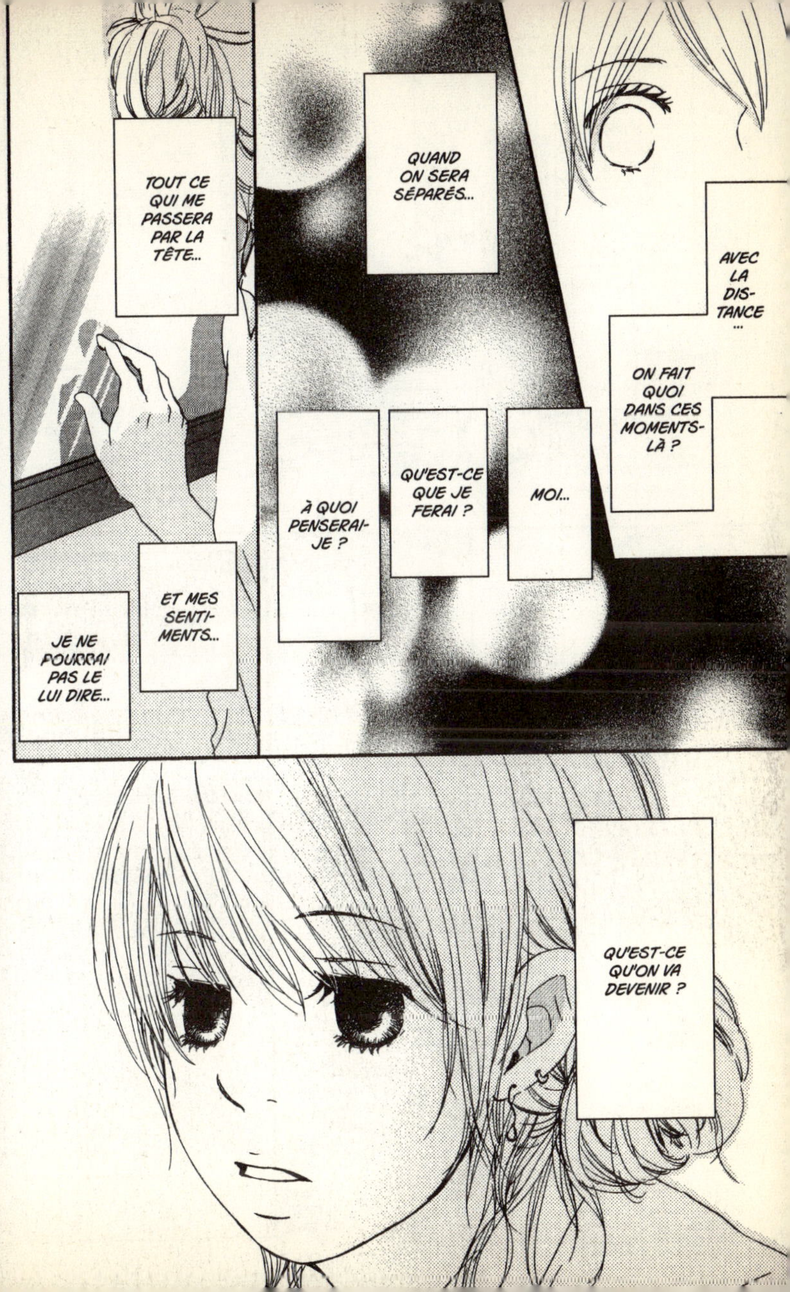
AVEC LA DISTANCE...
ON FAIT QUOI DANS CES MOMENTS-LÀ ?
QUAND ON SERA SÉPARÉS...
MOI...
QU'EST-CE QUE JE FERAI ?
À QUOI PENSERAI-JE ?
TOUT CE QUI ME PASSERA PAR LA TÊTE...
ET MES SENTIMENTS...
JE NE POURRAI PAS LE LUI DIRE...
QU'EST-CE QU'ON VA DEVENIR ?

ON A TOUJOURS ÉTÉ ENSEMBLE DEPUIS CE JOUR.
TOUJOURS À PORTÉE DE MAIN...
JE N'AVAIS MÊME PAS IMAGINÉ QUE ÇA POURRAIT S'ARRÊTER.
HA !
MOSA BURGER
ILS ONT FAIT UN NOUVEAU FAST-FOOD !
SUPER !
IL FAUDRA QU'ON Y AILLE AVEC KAI-CHAN LA PROCHAINE FOIS...

TOI AUSSI...
PENSE À CE QUE TU VEUX FAIRE.
DING DONG
DING DONG
"Kaito"
kaito.505Å6xx.ne.jp
"titre"
Pardon
"message"
Je rentre en première.
CLAP
"ALORS...
ON SORT ENSEMBLE ?"

JE VEUX RESTER AVEC TOI.
....
TU SAIS...
JE SAIS DANS QUOI JE TRAVAILLERAI, À TÔKYÔ.
ALORS JE NE REVIENDRAI PAS À OSAKA.
JAMAIS.
POUR TOUTE LA VIE.

MAIS PEUT-ÊTRE QU'UN AUTRE MIRACLE...
ET PUIS SI J'ÉCHOUE...
IL Y A TOUJOURS UN TAS D'AUTRES ÉCOLES, LÀ-BAS.
TU ES BÊTE OU QUOI !?
TU TE PRENDS POUR QUI !?
HI!!!
TU APPELLES ÇA RÉFLÉCHIR !?
ET LAQUELLE !?
TU N'AS MÊME PAS D'AMBITION !!!
TU VEUX TRAVAILLER DANS QUOI, TU LE SAIS AU MOINS !?
SI...
SI, JE SAIS CE QUE JE VEUX !!!

JE VOIS,
IL NE VEUT PAS ME PARLER DE CETTE HISTOIRE D'ALLER À TÔKYÔ.
KAI-CHAN...
HEU...
CE N'EST RIEN.
DÉSOLÉE D'AVOIR REGARDÉ...
ET JE ME SUIS DIT...
QUE MOI AUSSI...
J'ALLAIS ALLER AVEC TOI À L'UNIVERSITÉ DE TÔKYÔ !!!
ゆーげんじっこーー!!
C'EST DIT, C'EST FAIT !
BAAAH

QU'EST-CE QU'IL LUI PREND, À ELLE ?
TU N'EN AS PAS MARRE !? PRENDS EXEMPLE SUR KAITO !!!
......
J'ÉTAIS SÉRIEU-SE, MOI...
KAI-CHAN !
HA !
IL DOIT ÊTRE FÂCHÉ...
BRR
BRR
HUM...
ET EN PLUS JE N'AI PAS FAIT MES DEVOIRS
PA...
PA... PARDON... J'AI PRIS ÇA...
HEIN ?
IL N'EST PAS EN COLÈRE ?

TÔKYÔ... PAS KYÔTO, HEIN, TÔKYÔ !
IL NE M'EN A MÊME PAS PARLÉ !
ALORS... IL VA ALLER VIVRE À TÔKYÔ ?
......
MOMOKA !!! TU AS FAIM !?
TAP TAP TAP TAP
PAPA !!!
MAMAN !!!
ELLE DESCEND ENFIN !!
SÉRIEUSE
DÉSOLÉE, MAIS...
L'AN PROCHAIN JE VAIS À TÔKYÔ !!!

TU ES LÀ ?
......
MOMO... ?
MOMOKA ? TU ES RENTRÉE ?
MOMOKA ?
TU AS DÉJÀ MANGÉ ?
JE SUIS RENTRÉE AVEC SANS MÊME M'EN RENDRE COMPTE...
PARCOURS SCOLAIRE ENVIS
3E ANNÉE, CLASSE A NUMÉRO 10 SEKIYA
PARCOURS ENVISAGÉ APRÈS LE LYCÉE
1. UNIVERSITÉ 2. TRAVAIL
ESPOIR 1
UNIVERSTÉ DE TOKYO
SECTION
QU'EST-CE QUE...
C'EST QUE ÇA ?

ANNÉE, CLASSE
PARCOURS ENVISAGÉ A
1. UNIVERSITÉ 2. TRAVAIL
ESPOIR 1
UNIVERSITÉ DE TOKYO
ESPOIR 2
UNIVERSITÉ DE KEIO
ESPOIR 3
PARCOURS SCOLAIRE ENVISAGÉ
3E ANNÉE, CLASSE A NUMÉRO 10 SEKIYA KAITO
PARCOURS ENVISAGÉ APRÈS LE LYCÉE
1. UNIVERSITÉ 2. TRAVAIL
ESPOIR 1
UNIVERSTÉ DE TOKYO
SECTION
ÉCONOMIE
ESPOIR 2
UNIVERSTÉ DE KEIO
SECTION
ÉCONOMIE
ESPOIR 3
UNIVERSTÉ WASEDA
SECTION
ÉCONOMIE
C'EST MOI !
CLAP
JE SUIS RENTRÉ...
MOMO ?
TU AS FINI LES DEVOIRS ?
HUM... ?
MOMO ?

JE RESTE ICI ALORS !
BON COURAGE !!!
......
BON...
HOP !
POF
C'EST PARTI !
....
....
HA...
JE DEVAIS REFAIRE MA MANUCURE, AU FAIT.
JE LA REFAIS
DÉJÀ MARRE
FROT FROT
OUPS...
C'EST LE SAC DE KAI-CHAN, ÇA.

IL EST L'HEURE, NON ?
......
......
HAAA
J'ATTENDS ICI QUE TU RENTRES ?
......
ET...
TES DEVOIRS ?
TU LES FAIS, AU MOINS, HEIN ?
HA... LES MATHS ET L'HISTOIRE...
MAIS J'AI LAISSÉ MES LIVRES EN CLASSE.
IDIOTE !!!
ポスッ
JE TE PRÊTE LES MIENS.
FINIS-LES.
HEU... OUI.
ALORS JE T'ATTENDS ?
......
J'Y VAIS.

C'EST DANS CE GENRE DE MOMENT...
QUE JE ME SENS HEUREUSE.
POURQUOI EST-CE QUE ÇA NE POURRAIT PAS...
ÊTRE TOUJOURS COMME ÇA ?
TIC TIC TIC TIC
KAI-CHAN...

GHH
は
HAA
C'EST COMME ÇA...
QUE J'AIME ME DÉTENDRE, MOI.

C'EST MON...
PLUS GRAND BONHEUR.
MAIS DEPUIS QUELQUES TEMPS ON N'A PLUS BEAUCOUP DE TEMPS.
再度
BIS
びろ～ん
ALORS, LEQUEL ?
C'EST LE PROGRAMME ANTI-STRESS.
LES PHOTOS ?
JE M'EN FICHE !
SHLAAC
MÉ-CHANT !
ALORS LA VIDÉO RIGOLO-TE ?
QUE DES NOUVEAU-TÉS...
ENFIN L'AN DERNIER
LAISSE ÇA...
ET VIENS PLUTÔT ICI.
FUIP
FUIP
?

JE NE PEUX PLUS LE SUIVRE POUR LE TRAVAIL, ET POUR CE QUE MOI JE VEUX FAIRE...
J'AI UNE PETITE HEURE, ALORS...
SI ÇA TE DIT...
肩たたき券
ON SORT ENSEMBLE DEPUIS LA 3ÈME ANNÉE DE COLLÈGE...
TU SAIS FAIRE DES MASSAGES ?
J'EN FAIS DES FOIS À MA MÈRE
PUIS LE MÊME LYCÉE...
ET TOUJOURS LE MÊME BUS.

C'EST QUOI, ÇA ?
TES PHOTOS... QUOI ?
EN PYJAMA, ETC
HEIN ? DES TRUCS POUR ÉVACUER LE STRESS DES EXAMENS.
JE N'AI MÊME PLUS LE TEMPS DE M'AMUSER...
ALORS J'AVAIS PEUR DE CRAQUER...
......
POF
HAAA !?
JE LES AI FAITS JUSQU'À 4H DU MATIN !!!
MÉCHANT !!!
TU FERAIS MIEUX DE FAIRE TES DEVOIRS !
......
ON RENTRE ENSEMBLE, AUJOURD'HUI.
SNIF SNIF
J'AI ENCORE DU TRAVAIL APRÈS, MOI !
POURQUOIIII !?
GRR
JE RENTRE D'ABORD !
HOUU
ILS ONT DU COURAGE, DE CONTINUER TOUS LES DEUX.
QUAND ON ABORDE LE SUJET DU SÉRIEUX DE KAI-CHAN AVEC LES EXAMENS...
JE DOIS AVOUER QUE JE NE ME SENS PAS RASSURÉE.
ET MOI JE N'AI AUCUNE IDÉE...
POUR APRÈS.

LA CLASSE AVANCÉE TRAVAILLE AUSSI PENDANT LES PAUSES...
NOUS À CÔTÉ ON A VRAIMENT L'AIR IDIOTS...
C'EST LE COPAIN DE MOMO, NON ?
MIGNON !
IL ÉTAIT AU CONSEIL DES ÉLÈVES, AUSSI.
HÉ HÉ !
TU NOUS AGACES !
HIII HIII
FAITES MAL !
HIII
POURQUOI AVEC CETTE IDIOTE !?
MOMO ?
QUEL BOUCANT
TU VEUX QUELQUE CHOSE ?
KAI-CHAN !
びろーーん
Hiiii
桃花のセクシー写真集
お笑い特選ビデオ
笑いスギ注意
腰もみ券
信用第一
いやし系
肩たたき券
肩たたき券

OUI.
ALORS... ON SORT ENSEMBLE ?
PUIS...
DEUX ANS ET DEMI PLUS TARD...
ON PASSE ENCORE DES EXAMENS.
CRITCH
CRITCH
CRITCH
CRITCH
NON !?
LA CLASSE !

SE PRODUISIT.
582
596
599
610
MOI AUSSI...
UN MIRACLE ...
C'EST DIT C'EST FAIT
JE SUIS DES-SUUUUS ...
OUIIIN OUIIIN
TU PLEURES ENCORE !?
C'EST BON, LÀ
SNIF SNIF SNIF
C'EST QUE...
ON VA POUVOIR ALLER DANS LE MÊME LYCÉE !!!
HOUUU
OUIIIIN
HOUUU

ET AVEC ELLE ÇA VA ÊTRE LONG
SEKIYA...
HUM ?
PARDON POUR TOUT, ÇA NE DOIT PAS T'AMUSER ...
LE PRINCIPAL M'A DIT QUE COMME ÇA JE NE POURRAIS PAS ALLER AU LYCÉE, ALORS...
ET PUIS TU ENSEI-GNES BIEN...
PFU
BAH, ÇA ME FAIT RÉVISER AUSSI !
ET PUIS JE TROUVE ÇA PLUTÔT MARRANT !
SEKIYA..
C'EST VRAI QUE TU ES SÛR D'ALLER AU LYCÉE S ?
TU AS A PARTOUT
PAS SÛR, MAIS BON.
C'EST CE QUE JE VEUX, ALORS PAS QUESTION DE ME LOUPER !
CE QUE JE DIS, JE LE FAIS !
ぽ
WOUAAH
カタン
CLANG
EXACT !
MOI AUSSI J'IRAI AU LYCÉE S !
MOI AUSSI
APPRENDS D'ABORD TES KANJIS
HEU...
TOI PAR CONTRE...
SANS UN MIRACLE...
ET CE MIRACLE...

SHIRAISHI MOMOKA
3E ANNÉE
DE COLLÈGE
LE PRINCIPE D'INERTIE...
LE PRINCIPE D'INERTIE...
C'ÉTAIT QUOI, DÉJÀ ?
SEKIYA KAITO
MÊME CLASSE
....
HEU...
QUOI ? C'EST PAS ÇA ?
HAA
OÙ TU AS VU ÇA !?
HA...
LA CHANCE, MOMO...
TU NOUS EXPLIQUES, À NOUS AUSSI ?
DÉSOLÉ, MAIS...
ALORS HEU...
JE SUIS DÉJÀ BIEN ASSEZ OCCUPÉ AVEC ELLE !
15 ANS QU'ELLE NE TRAVAILLE PAS !
HEIN ?
C'EST CLAIR
HAA...

...Bus stop

...Bus stop

...Bus stop

... 4TH BUS STOP
ITINÉRAIRE VERS L'AVENIR
– DÉBUT

...Bus stop ...Bus stop

AVEC UNE CARTE DE FÉLICITATIONS...
DIS... NISHI-JIMA...
QUAND JE SERAI AU LYCÉE, JE TRAVAILLERAI ...
ET ON SORTIRA ENSEMBLE !
JE T'EMMÈNERAI OÙ TU VOUDRAS !
À TES FRAIS ?
HA HA
J'ESPÈRE BIEN !
ET ALORS...
JE TE FERAI SOURIRE ENCORE TRÈS SOUVENT !!!

C'EST BIEN SUFFISANT !
HEIN !?
CLING
CLING
N'EMPÊCHE...
C'EST MA TOUTE PREMIÈRE PAIE... !
TU VEUX QU'ON AILLE QUELQUE PART ?
NON !?
UN RENCARD !?
UN ENDROIT DANS TES MOYENS...
GHH...
DOMMAGE...
MAIS JE SAIS DÉJÀ À QUOI JE VAIS UTILISER CET ARGENT !
HA BON ?
HA HA
JE VAIS FAIRE UN JOLIE CADEAU À MA MÈRE...
POUR QU'ELLE SOIT ENCORE PLUS HEUREUSE !

OUI...
SÛREMENT.
LA SOLITUDE NE S'EFFACE SANS DOUTE JAMAIS.
MAIS...
... CELA PEUT PARFOIS NOUS RENDRE PLUS FORT...
HEIN ?
C'EST TOUT !?
SÉRIEUX !?

BON, BUS SUIVANT
IL A DÉJÀ DÉPASSÉ CELA, LUI...
NISHIJIMA...
HUM ?
JE SUIS SÛRE QU'ON EST PLUS HEUREUX...
EN SOURIANT...
COMME TU LE FAIS.
POUR ELLE AUSSI.

NISHIJIMA ...
HUM ?
LA PHOTO ...
SALE SOURIRE...
HUM
......
HEU... NON RIEN.
COMPARÉE À SA TRISTESSE DE NE PLUS POUVOIR LA VOIR...
LA MIENNE DE NE PAS ME SENTIR VRAIMENT DÉSIRÉE...
NE RESSEMBLE QU'À UN CAPRICE D'ENFANT...

IL M'A BIEN EUE...
FLAP FLAP
もく
FLAP FLAP
もく
......
INTERDICTION DE RENTRER AVANT DE FINIR...
HEIN ?
MÊME SI TU EN AS ENVIE.
......
HIII
QUOI !?
TU N'EN AS PAS MARRE DE POUFFER DEPUIS TOUT À L'HEURE !?

VITE ! VAS-T'EN !
HO, NISHIJIMA...
C'EST ELLE ?
LA FILLE QUI DOIT TRAVAILLER CE SOIR...
UEHARA RENA, 18 ANS (PETIT MENSONGE).
HEIN ?
D'AC-CORD. BON COURAGE ALORS !
HOSPITAL
......
IL Y EN A EN-CORE
C'EST QUOI, ÇA !?
UN PETIT BOULOT.
TU VAS CHANGER LES PUBLICITÉS DES BUS.
HII

BAAH
!
LE GARDIEN !?
LA POISSE ! NISHIJIMA !!!
NI...
NISHIJIMA !
QUOI ?
FUIS !
DÉPÊCHE-TOI !!!

"TU NE REGRETTERAS PAS ?"
JE NE POURRAI PAS RENTRER ?
QU'EST-CE QUE VA DIRE MA MÈRE ?
ELLE QUI VOULAIT SE MARIER...
JE LUI AI DIT D'ACCORD...
ELLE AVAIT L'AIR TELLEMENT HEUREUSE, AVEC SON SOURIRE GÊNÉ...
ALORS, TU AS CHANGÉ D'AVIS ?
......
HEU...
JE...
FINALEMENT, JE REN...

……
HO ! ICI !
ON PREND LE BUS ?
OUI.
ON A LE DROIT ?
SI ON NOUS TROUVE, IL VA AVOIR DES PROBLÈMES...
KIIIIIII
GLOUP
ALORS ?
LA PORTE EST OUVERTE ...
OUI...
SI JE MONTE...

PEUT-ÊTRE QU'AILLEURS...
JE TROUVERAI MA PLACE.
......
LÀ OÙ J'AI LE DROIT D'EXISTER...
TU NE REVIENDRAS PEUT-ÊTRE JAMAIS...
TU PENSES...
QUE TU NE REGRETTERAS PAS ?

N'IMPORTE OÙ...
MAIS AUTRE PART.
EMMÈNE-MOI...

TU PLAISANTES ?
TOUT À L'HEURE...
J'AI VU TA MÈRE RENTRER.
TU N'ES PAS SEULE !
NON, MAIS...
SI, JE SUIS SEULE.
......?
SUR CETTE PHOTO...
JE NE SUIS NUL PART.
HÉ ?
OÙ EST-CE QUE...
J'AI LE DROIT D'EXISTER ?
...
EMMÈNE-MOI...

JE SUIS OÙ...
MOI ?
502
NISHIJIMA
ピンポーン
DING DONG
ピンポーン
DING DONG
ガチャッ
CLAP
....
QUOI ?
AUSSI TARD
TU AS DIS...
QUE JE POUVAIS VENIR EN CAS DE PROBLÈME ...

MA MÈRE AVEC...
UN HOMME ET UN ENFANT...
QUE JE NE CONNAIS PAS.
LE PETIT... C'EST MAKOTO.
IL EST EN 2ÈME ANNÉE DE PRIMAIRE...
ET IL EST ADORABLE.
TU SAIS...
QU'IL DEVIENDRA TON PETIT FRÈRE...
BAH...
POURQUOI PAS ?
ET MOI ?

JE VOULAIS T'EN PARLER IL Y A UN MOMENT ...
MAIS JE SUIS AVEC QUELQU'UN DEPUIS QUELQUES TEMPS.
JE PENSE... QUE NOUS ALLONS NOUS MARIER.
HO...
HA BON ?
JE LE SAIS, ÇA.
MAIS JE PENSE...
QU'ON POURRA RESTER ICI UN PEU.
ET PUIS...
JE TE FAISAIS FAIRE TOUT LE MÉNAGE...
BAH !
ÇA NE ME DÉRANGE PAS !
M'EN FICHE...
TIENS.
C'EST UNE PHOTO DE LUI.
TAP

NISHI-JIMA...
TU NE VOU-DRAIS PAS...
M'EMMENER AILLEURS, AVEC TON BUS ?
AVEC TOI...
J'IRAIS N'IMPORTE OÙ.
CLAP
!
ET BIEN ?
ELLE EST RAPIDE, AUJOUR-D'HUI.
RENA ?
TOC TOC
JE PEUX TE PARLER ?
...

D'ACCORD...
QUAND JE SUIS SEULE...
JE DORS TOUJOURS LA LUMIÈRE ALLUMÉE.
POF POF
ポンポン
TAP
NISHIJIMA EST DERRIÈRE CE MUR.
ALORS JE VAIS POUVOIR ÉTEINDRE LA LUMIÈRE ET DORMIR.

HA HA
PERSONNE NE LE SAIT !
ILS PENSENT TOUS QUE JE SUIS SAGE !
HA HA HA HA
TOUT VA BIEN !
PAR CONTRE...
SI TU AS UN PROBLÈME, APPELLE-MOI.
C'EST SEULEMENT DANS CE CAS QUE TU PEUX VENIR.

HA HA
はは
PARDON...
....
ALLEZ.
RENTRE, CETTE FOIS.
POF
PAR LE SALON
TA MÈRE...
GLOUP
N'EST PRESQUE JAMAIS LÀ, HEIN ?
C'EST POUR ÇA QUE TU PRENDS DES RISQUES ?

NON...
NON, JE NE VEUX PAS !!!
PARCE QUE...
... JE NE VEUX PAS ÊTRE SEULE À LA MAISON...
NISHIJIMA...
JE NE PEUX PAS DORMIR ICI ?
TOI, VRAIMENT...
JE T'AI DIT DE NE PLUS PARLER DE ÇA !

HAA...
HA...
HA HA HA !
TU AS CRU QUE J'ALLAIS TOMBER, HEIN ?
HEU...
IL EST FÂCHÉ...
RENTRE CHEZ TOI.
ALLEZ.
HA !
TU M'ENNUIES.
ET NE VIENS PLUS ICI.
HEIN !?

HAAAAA !!!
DOOOOM
HAA

ÇA T'AMUSE !?
J'AI FAILLI Y CROIRE, MOI !!!
J'EN AI MARRE, DE SON AIR TOUJOURS À CÔTÉ DE LA PLAQUE...
JE N'AI VRAIMENT PAS L'IMPRESSION DE L'INTÉRESSER !
FLAP FLAP
S'IL FAUT UTILISER LES GRANDS MOYENS !
GAAH
HOOO !!!
NISHIJIMA !!!
ZIIIP
HA...

ぷい
PFU
TAP TAP
HEIN ?
DIS, DIS !
TU AS UNE COPINE ? NON ?
ALORS ?
......
ELLE EST MORTE.
HEU...
C'EST VRAI !?
PFU

FIN DES MESSAGES.
MAIS OUI...
JE M'EN DOUTAIS...
......
CLAP
FUIP
BONSOIR !
CHAUFFEUR !
NISHIJIMA EST NOTRE VOISIN.
MA MÈRE ME DIT DE NE PAS L'APPROCHER CAR IL VIT SEUL.
HA...
CE SOIR MA MÈRE NE RENTRE PAS...
TU VEUX VENIR UN PEU ?

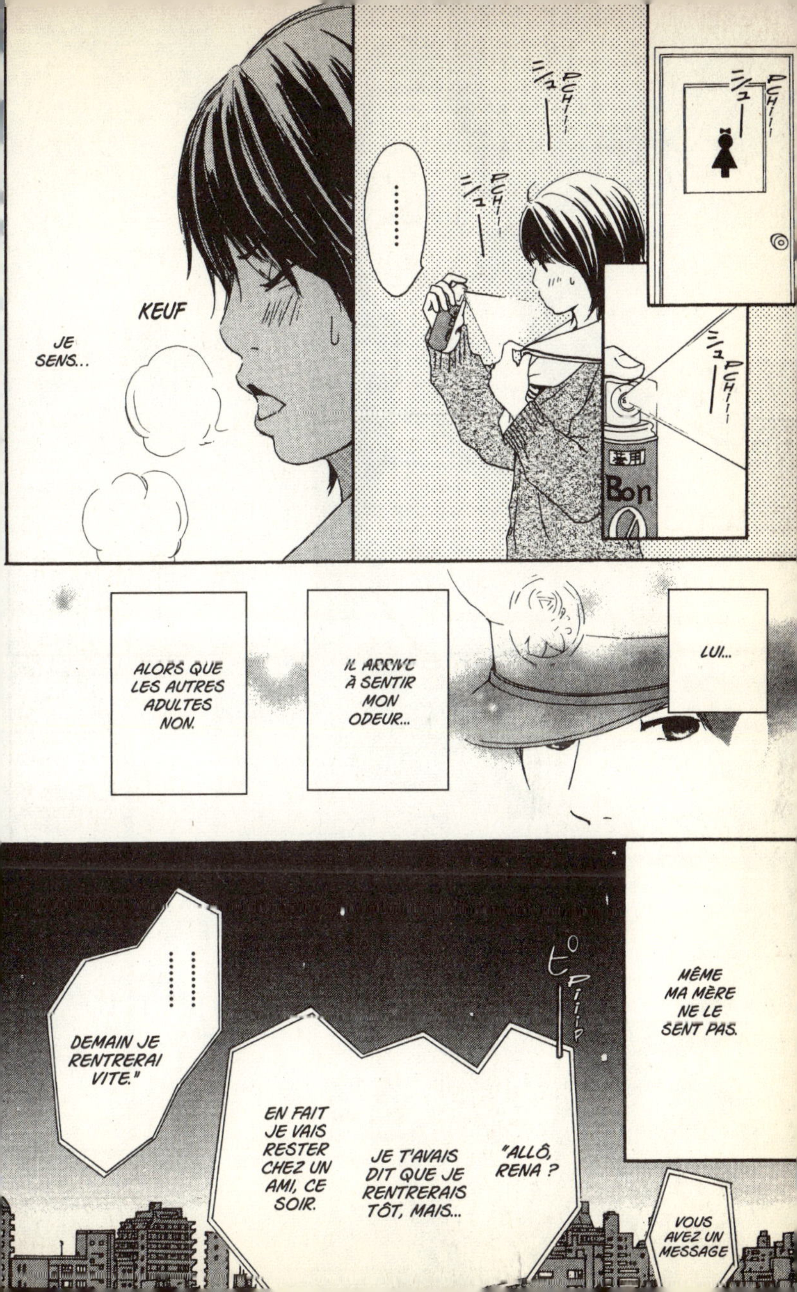
PCHIII
PCHIII
......
PCHIII
KEUF
JE SENS...
LUI...
IL ARRIVE À SENTIR MON ODEUR...
ALORS QUE LES AUTRES ADULTES NON.
MÊME MA MÈRE NE LE SENT PAS.
VOUS AVEZ UN MESSAGE
PIIIP
"ALLÔ, RENA ?
JE T'AVAIS DIT QUE JE RENTRERAIS TÔT, MAIS...
EN FAIT JE VAIS RESTER CHEZ UN AMI, CE SOIR.
......
DEMAIN JE RENTRERAI VITE."

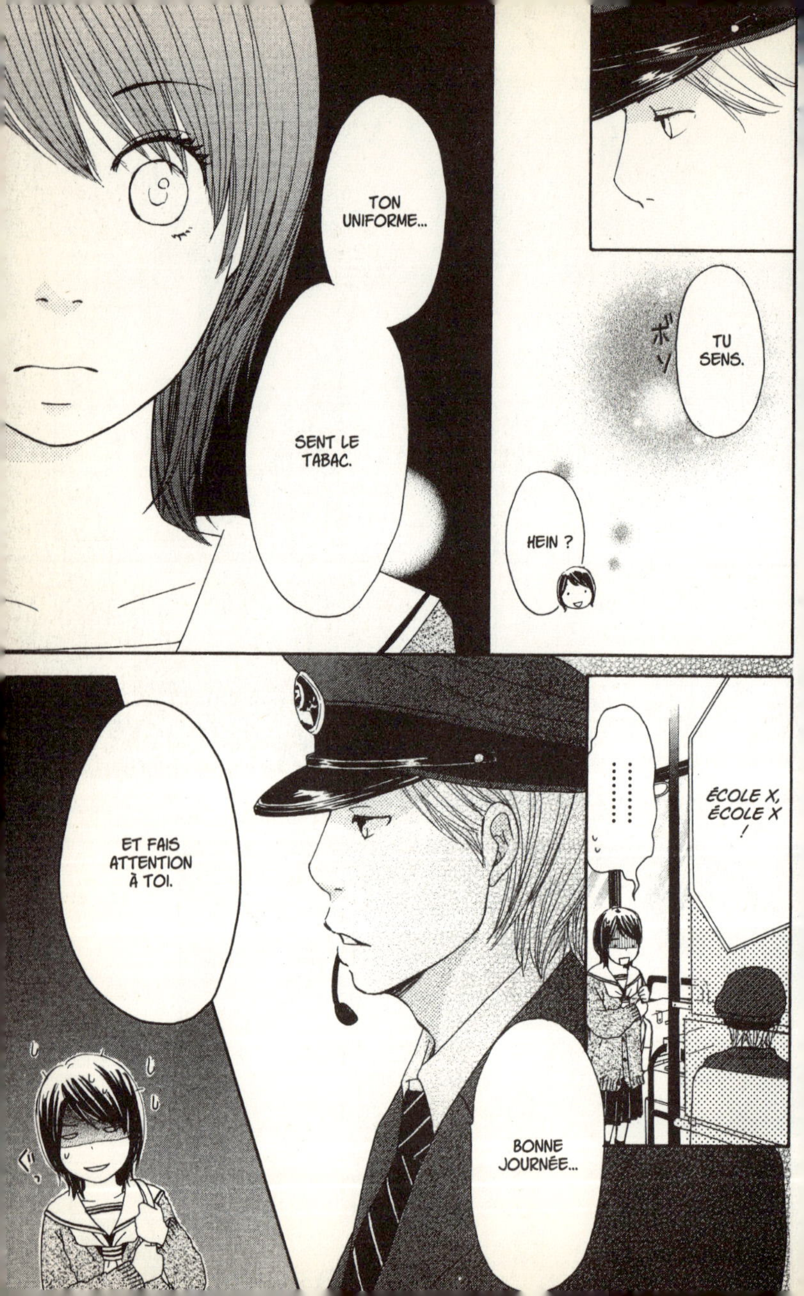
ボソ
TU SENS.
HEIN ?
TON UNIFORME...
SENT LE TABAC.
ÉCOLE X, ÉCOLE X !
......
BONNE JOURNÉE...
ET FAIS ATTENTION À TOI.

PFU
HA !?
....
BAH, DE TOUTE FAÇON IL EST TOUJOURS GLACIAL.
MAIS JE VEUX ABSOLUMENT QU'IL ME REMARQUE.
JUSTE ÇA.
DIS...
TU N'EN AS PAS MARRE, DE ROULER TOUJOURS AUX MÊMES ENDROITS ?
ÇA TE DIRAIT...
DE FONCER AUTRE PART ?

HA !
UEHARA RENA, 15 ANS.
JE SERAI LYCÉENNE LE PRINTEMPS PROCHAIN.
C'EST NISHIJIMA, AUJOURD'HUI !
♡ COOL ♪
IL EST CONDUCTEUR DE BUS...
CÉLIBATAIRE, ET VIT SEUL.
EXCUSEZ-MOI JE DESCENDS ICI
POUR LE MOMENT, C'EST LUI QUI M'INTÉRESSE LE PLUS.
BON JOUR !

CONDUCTEUR...
S'IL TE PLAÎT, EMMÈNE-MOI EN UN LIEU QUE PERSONNE NE CONNAÎT.
HO ! BONJOUR, RENA !
C'EST TOI QUI EST DE POUBELLES ?
POUBELLES
BONJOUR MESDAMES !
SA MÈRE... EST SEULE, ALORS ELLE A DU MAL...
ET ELLE L'AIDE POUR TOUT LE MÉNAGE.
QUELLE GENTILLE FILLE !
ELLE EST DRÔLEMENT SÉRIEUSE !
SI MES ENFANTS EN FAISAIENT AUTANT...
ET OUI !
JE SUIS UNE FILLE BIEN !
Kiii
C'EST CE QUE LES ADULTES PENSENT.

... 3RD BUS STOP
LA FILLE PERDUE ET LA VILLE AUX BUS ÉTEINTS

...Bus stop
...Bus stop
...Bus stop

C'EST QUOI, ÇA !?
HOOO
NON
KEIGO !
TU PARLES D'UN COUPLE INATTENDU !!!

VLAAAM
UCHIDA !?
ELLE A TOUT ENTENDU...!?
SHIIII
PFU FU FU FU
JE VOULAIS VÉRIFIER CE QUE TU PENSAIS VRAIMENT...
MAIS QUAND JE VOIS TA TÊTE... !
HI HI
PFU FU
LÀ, ÇA ME PARAÎT CLAIR !
HEIN ?
HEU...

JE NE PEUX RIEN FAIRE...
ET EN PLUS...
JE N'ARRIVE MÊME PAS À LAISSER TOMBER !
QU'EST-CE QUE JE DOIS FAIRE...
BAH, CONTINUE À CHERCHER !
TU VAS SÛREMENT TROUVER.
POF
BON, JE RENTRE MOI.
QU'EST-CE QU'IL RACONTE, LUI ?
INSENSIBLE
QU'EST-CE QUE ÇA VA ME FAIRE, DE CONTINUER À ME TRITURER LES...

NON...
JE NE L'AI JAMAIS EUE.
DEVANT CETTE FILLE...
RIEN DE CE QUE J'AI N'EST UTILE.
HO, KEIGO...
ON RENTRE ?
DIS...
COMMENT ON FAIT... POUR ÊTRE CRU ?
HEU...
BIN...
JE NE SAIS PAS NON PLUS
PFU...
JE SUIS LAMENTABLE.
JE NE SAIS MÊME PAS ASSURER QUAND IL LE FAUT.

ALLEZ, KEIGO..
KEIGO !
ON SORT ?
IL VIT ENCORE, LUI ?
HEIN ?
DÉJÀ CREVÉ, NON ?
RIDICULE...
LAVETTE !
ON Y VA
DITES CE QUE VOUS VOULEZ..
MOI...
JE N'AI...
PLUS RIEN.
JE L'AI PERDUE À CET INSTANT.

JE...
WHAAAA
JE...
JE NE TE CROIS PAS...
UNE SEULE SECONDE.
TU PEUX DIRE CE QUE TU VEUX...
JAMAIS !
PLUS JAMAIS JE NE TE CROIRAI !

JE T'AIME !
―――えっ？
HA...

UCHIDA !!!
ATTENDS !
CE N'EST PAS CE QUE TU CROIS !
POURQUOI...
EST-CE QUE J'ESSAIE DE ME JUSTIFIER ?
ET ZUT, POUR LE MOMENT TOUT CE QUI COMPTE...
HAA
HAA
HA...
JE N'ARRIVE PAS...
À PARLER !
POURTANT JE SAIS QUELS MOTS POURRAIENT LA CALMER !
ALORS... !?
HA...

PFU
HA BON...
C'ÉTAIT DONC ÇA...
HA...
UCHIDA !

JE ME SERS D'ELLE JUSTE POUR PASSER LE TEMPS !

DIS !
DIS !
ALORS, C'EN EST OÙ ?
TU L'AS EUE ?
UCHIDA MICHIRU...
GHH
ET BIEN ?
C'ÉTAIT BIEN PARTI, NON ?
TU Y CROIS, TOI ?
TU N'AS MÊME PAS VOULU VOIR LES AUTRES FILLES ...
HUM ?
NE ME DIS PAS QUE TU ES SÉRIEUX, AVEC ELLE ?
UCHIDA...
PFU...
TU RIGOLES OU QUOI !?
JE TE L'AI BIEN DIT !

QU'EST-CE QU'IL M'ARRIVE ?
JE PERDS PIEDS, MOI.
C'EST MOCHE...
HOO ! KEIGO !

PIIP
POURQUOI...
EST-CE QUE JE N'AI PAS OSÉ LA RACCOMPAGNER ?
CE N'EST PAS GRAND CHOSE...
ALORS POURQUOI ?

HEU...
OUI...
OUI.

SI TOI...
TU T'EN ES RENDU COMPTE, C'EST TOUT CE QUI COMPTE.
HA !
LOTISSEMENT X, LOTISSEMENT X.
JE...
JE TE RACCOMP...
HA, YÛKI !
TU DESCENDS ICI !

HA !
TU DESCENDS AU PROCHAIN, HEIN ?
OUI.
AIME LES BOUTONS
押したる
C'EST MOI !
ARRÊT AU SUIVANT.
......
TU SAIS...
MOI AUSSI, MES IMPRESSIONS...
ONT CHANGÉ.
ENFIN...
JE TE CROYAIS PLUS FROIDE QUE ÇA...
MAIS EN FAIT NON !
HEU...
ALORS...
C'EST DOMMAGE QUE LES AUTRES NE LE SACHENT PAS, NON ?
JE M'EN FICHE !

DEPUIS QUE TU ES VENU ME PARLER...
J'AI PU VOIR BEAUCOUP DE TES BONS CÔTÉS, ALORS...
PLUS MAINTENANT !
ELLE EST VRAIMENT IDIOTE...
SI ELLE CROIT LES GENS SI FACILE-MENT...
ELLE VA SE FAIRE ROULER TRÈS VITE !
PAR DES TYPES COMME MOI...

JUSTE...
JE VOULAIS SAVOIR...
IL PARAÎT QUE TU NE ME SUPPORTAIS PAS...
SELON LES AUTRES.
C'EST VRAI... ?
HA HA
OUI.
JE TE TROUVAIS NUL.
KEIGO
BAAAAH
POURQUOI EST-CE QUE ÇA M'ÉTONNE ?
?
TAP TAP TAP TAP
MAIS...
CE N'EST PLUS LE CAS.

FINALEMENT ÇA S'EST PASSÉ COMME JE L'AVAIS VOULU...
MAIS JE ME SENS RIDICULE !
EST-CE QU'ELLE M'AVAIT VRAIMENT...
DANS LE COLLIMATEUR ?
PAS L'IMPRESSION...
DIS...
HUM ?

うふー
......
POURQUOI EST-CE QU'ELLE SOURIT COMME ÇA ?
HI HI HI
うふふ
ARRÊTE DE RIGOLER !
Bus for Spring

DEMAIN.
DEMAIN, SI TU VEUX.
BAH...
POURQUOI PAS.

ET BIEN ?
C'EST ELLE QUI VEUT PARLER, NON !?
HO...

TIENS.
C'EST MOCHE.
YÛKI ...
HUM ?
TU VEUX QUAND ?
QUAND EST-CE QUE TU VOUDRAS PARLER ?

PFU
TOC TOC
HIER...
JE SUIS ALLÉE ACHETER ÇA.
TING
POUR TE REMERCIER, POUR MA GRAND-MÈRE.
......
......
C'EST QUOI, ÇA ?
UN ANIMAL !?
IL TE RESSEMBLE, NON ?
D'OÙ, QU'IL ME RESSEMBLE !?

BLAAM
PAS DU TOUT !
C'EST PARCE QUE TU M'AS DEMANDÉ POURQUOI QUE...
BLA BLA
HA
IL Y A QUELQUE CHOSE ENTRE KEIGO ET UCHIDA ?
SHiii
QUE...
ALORS !?
QU'EST-CE QU'ELLE VEUT, ELLE !?
QU'ELLE NE S'OCCUPE PLUS DE MES AFFAIRES !!!

GRR
GRR
HUM ? PAS ENTENDU ?
GRR
GRR
GRR
GRR
DIS...
DIS, YÛKI...
HIER ON N'A PAS PU...
MAIS ÇA TE DIT DE RENTRER ENSEMBLE CE SOIR ?
C'EST TROP TARD !
NON !
HEIN ?
ALORS ON PARLE QUAND ?
C'EST BIEN TOI QUI AS DIT QUE TU VOULAIS, NON ?

CROAA
カァ
CROAA
カァ
......
とぼ
POM
とぼ
POM
CETTE FILLE...
GRR
メラ
GRR
メラ
ELLE M'A FICHU LA HONTE DEUX FOIS DE SUITE !!!
ET EN PLUS ELLE REFUSE !
CETTE FOIS C'EN EST TROP !
GRR
ぷる
GRR
ぷる
POURQUOI ?
ELLE SE PREND POUR QUI !?
HA !
YÛKI !
SALUT !

POUR-QUOI ?
ET BIEN...
HEU...
C'EST LA PREMIÈRE FOIS QU'ON ME DEMANDE ÇA !
ET POURQUOI EST-CE QUE JE LUI RÉPONDS, MOI !?
BIN...
POUR PARLER... ?
NON ?
HUM
HEIN ?
D'ACCORD.
MAIS AUJOURD'HUI C'EST AVEC MIYUKI QUE JE VEUX PARLER, MOI.
DÉSOLÉE
CROAA
CROAA

DIS...
SHII
コソ
ON RENTRE ENSEMBLE, CE SOIR ?
ALLEZ, COMMENCE À TE POSER DES QUEST...
POURQUOI ?
HEIN ?

TU RIGOLES !? TU TE GOURES !!!
SALUT KEIGO
BONJOUR
C'EST QUI, CETTE FILLE !?
ELLE EST TARÉE !!!
BON, AU MOINS ELLE M'APPRÉCIE, MAINTENANT.
C'EST À PARTIR DE LÀ QUE ÇA SE JOUE.
CE N'EST PAS LE MOMENT DE SORTIR DES TRUCS QUI LA CHOQUERAIENT.
JE DOIS LA FOCALISER SUR MOI.
HEIN ?
YÛKI ?
T'ES LÀ ?

ELLE RIGOLE...?
QUE...
HI HI HI
QUOI !?
FU FU FU
YÛKI...
C'EST SÛRE-MENT...
UN DE TES BONS CÔTÉS !
MAINTENANT JE COMPRENDS...
POURQUOI TU AS AUTANT DE SUCCÈS !
HEIN !?

PLUS QU'UNE SOLUTION, FINIR LE TRAVAIL...
ENCORE MERCI, HEIN !
DE RIEN !
BON, J'Y VAIS, MOI !
MERCI MERCI
HA !
ATTENDS, YÛKI !
TIENS !
C'EST À MAMIE
サランシップ
肩こり 腰痛
PRENDS ÇA AVEC TOI !
QUE...
POURQUOI FAIRE !?
JE NE VOIS PAS CE QUE TU VEUX DIRE !
TAP
GHH
PFU
!!!

MAIS C'EST MA GRAND-MÈRE !
HEU...
MAMIE !
HEIN !?
LA POISSE... POURQUOI MOI !?
......
ENCORE PARDON
DE RIEN
HOP
HOP
QU'EST-CE QU'ELLE EST LOURDE...
GNII
MES...
CRII
CRII
COMME LES ENFANTS
MES HANCHES... !!!
HIII
HIII
HA
SI LES AUTRES ME VOYAIENT, LA HONTE...

ALORS JE N'AI QU'À LUI MONTRER...
MON VISAGE SÉRIEUX ET GÉNÉREUX.
DANS LE MÊME BUS, C'EST L'OCCASION !
FU FU
UCHIDA...
REGARDE...
LA VIEILLE DAME, SES PAQUETS SONT TROP LOURDS POUR ELLE...
HA, IMPECCABLE !
SI J'ÉTAIS AVEC ELLE...
J'AURAIS PU L'AIDER, MOI.
TU VOIS, MOI AUSSI J'AI DE BONS CÔTÉS !
HA !

TU SAIS... IL PARAÎT QU'ELLE TE DÉTESTE.
...
APPAREMMENT C'EST PARCE QUE
TU FAIS N'IMPORTE QUOI
HEIN ? HA BON !
CLAP
BAH, À LA LIMITE...
C'EST ENCORE PLUS DRÔLE.
JE N'AI RIEN D'AUTRE À FAIRE...
ALORS ON VA VOIR CE QU'IL EN EST !
AU MOINS ELLE ME FERA PASSER UN PEU LE TEMPS...
EN FONCTION DES TYPES, LA FAÇON DE LES AVOIR EST DIFFÉRENTE.
...
CELLES QUI RIGOLENT TOUT DE SUITE AIMENT QU'ON RIGOLE AVEC ELLES.
CELLES QUI ONT L'INSTINCT MATERNEL SONT PLUS ATTENDRIES SI ON MONTRE NOS FAIBLESSES.
LES FILLES COMME ELLES SONT PLUS INTRIGUÉES PAR LES PERSONNALITÉS À DOUBLE FACETTE.
SI ELLE N'AIME PAS MON CÔTÉ TROP NONCHALANT...

ALORS TU CROIS QU'ELLE EST COMME ÇA AUSSI ?
QUI ?
DUR À IMAGINER...
UCHIDA MICHIRU, DANS NOTRE CLASSE...
は? HEIN ?
UCHIDA ?
C'EST VRAI...
QUE MÊME MOI QUI CONNAÎT BIEN LES FILLES DE LA CLASSE, JE N'AI PRESQUE JAMAIS PARLÉ AVEC ELLE.
ELLE EST LA MEILLEURE DE NOTRE SECTION...
ET DÉGAGE UNE SORTE D'AURA QUI DISSUADE DE L'APPROCHER !

HAA...
C'EST VRAIMENT TROP FACILE !
SI J'EN APPELLE UNE CE SOIR POUR ME CONFIER, ELLE VA ME TOMBER DANS LES BRAS.
HUM.
JE DEVRAIS PEUT-ÊTRE CHOISIR UN PEU MIEUX...
IL DOIT Y EN AVOIR UNE BIEN...
KEIGO !!!
ÇA TE DIT, UNE SORTIE AVEC LES FILLES ?
FINI AVEC TA COPINE, HEIN ?
SI ON LEUR DIT QUE TU VIENS, ELLES VONT TOUTES SE PRESSER.
AVEC QUI ?
L'ÉCOLE A.
HA BON ?
TOUTES DES MINETTES...
BAH, ELLES SONT ASSEZ SÉRIEUSES...
TROP DUR POUR TOI ?
TU PARLES, AU CONTRAIRE.
ELLES NE SE MÉFIENT PAS DES HOMMES.
ELLES SONT MÊME ENCORE PLUS CURIEUSES QUE LES AUTRES !
HUM...

KEIGO !
KEI-GO... C'EST FINI, AVEC TA COPINE ?
OUI...
ははは
HA HA
ÇA VA ?
TU NE VEUX PAS ALLER RIGOLER AVEC NOUS ?
POUR TE CHANGER LES IDÉES...
MERCI...
MAIS J'AI BESOIN D'UN PEU DE TEMPS.
REVENEZ VERS MOI PLUS TARD, SI ÇA VOUS DIT...
キュウン
HAAA....
ALLEZ, COURAGE !
ON EST AVEC TOI, NOUS
OUI...
MERCI.

...Bus stop
...Bus stop
...Bus stop

... 2nd Bus Stop
Vers la fille ignorante de l'amour, via l'innocence

...Bus stop
...Bus stop
...Bus stop

ENCHANTÉE.

HEU...
ET TOI ?
MATSUMOTO ... SATOSHI.
MATSU-MOTO... HEIN ?
OUI.

QUI ES-TU VRAIMENT ?
KIIIIH
HAA
HAA
MOI...
JE...
JE M'APPELLE OGAWA SHIHO.

FUIP
JE...
TAP TAP
JE VEUX LE CONNAITRE DAVANTAGE !

BAAH
WHA !
......

C'EST LE VISAGE QU'IL A QUAND IL SOURIT...

HA
JE M'EN FICHE !
JE NE SAIS PAS CE QUE LUI ONT DIT LES FILLES DE TÔKYÔ...
MAIS ON N'EST PAS TOUTES COMME ÇA ! LAMENTABLE !
JE NE LE CROYAIS PAS COMME ÇA.
D'AILLEURS...
JE LE PRENAIS POUR QUI ?
JE NE CONNAIS MÊME PAS SON NOM !
QU'EST-CE QUE JE SAIS DE LUI ?
TOUT CE QUE JE SAIS DE LUI...

ET BIEN, SHIHO ?
TU PARS DÉJÀ ?
JE PRENDS LE BUS D'AVANT.
TU AS RAISON...
AVEC CETTE NEIGE.
RARE, À OSAKA
HEIN !?
DES BOUCHONS ...
RHH
RHH
D'OÙ L'UTILITÉ DE PARTIR PLUS TÔT...
MOI QUI VOULAIS L'ÉVITER...
......
IL EST LÀ ?

DE TOUTE FAÇON JE NE L'AIMAIS PAS DÉJÀ.
JE NE SUIS PAS SPÉCIALEMENT TRISTE...
JUSTE ...
QUE JE SUIS DÉÇUE.
HEUREU-SEMENT...
QUE JE NE LUI AI PAS ADRESSÉ LA PAROLE !

MAIS...
HA !!!
HEU...
HIII...
QUOI ? C'EST TON AMIE ?

HA BON...
JE VOIS...
ARRÊT À L'ÉCOLE A, ARRÊT À L'ÉCOLE A !
PFU...
HA !
ZUT, ELLE EST LÀ !
CELLE DE TÔKYÔ !
ELLE A ENTENDU ?
AUX LONGS CHEVEUX
TIENS... ELLE !
HEIN ?

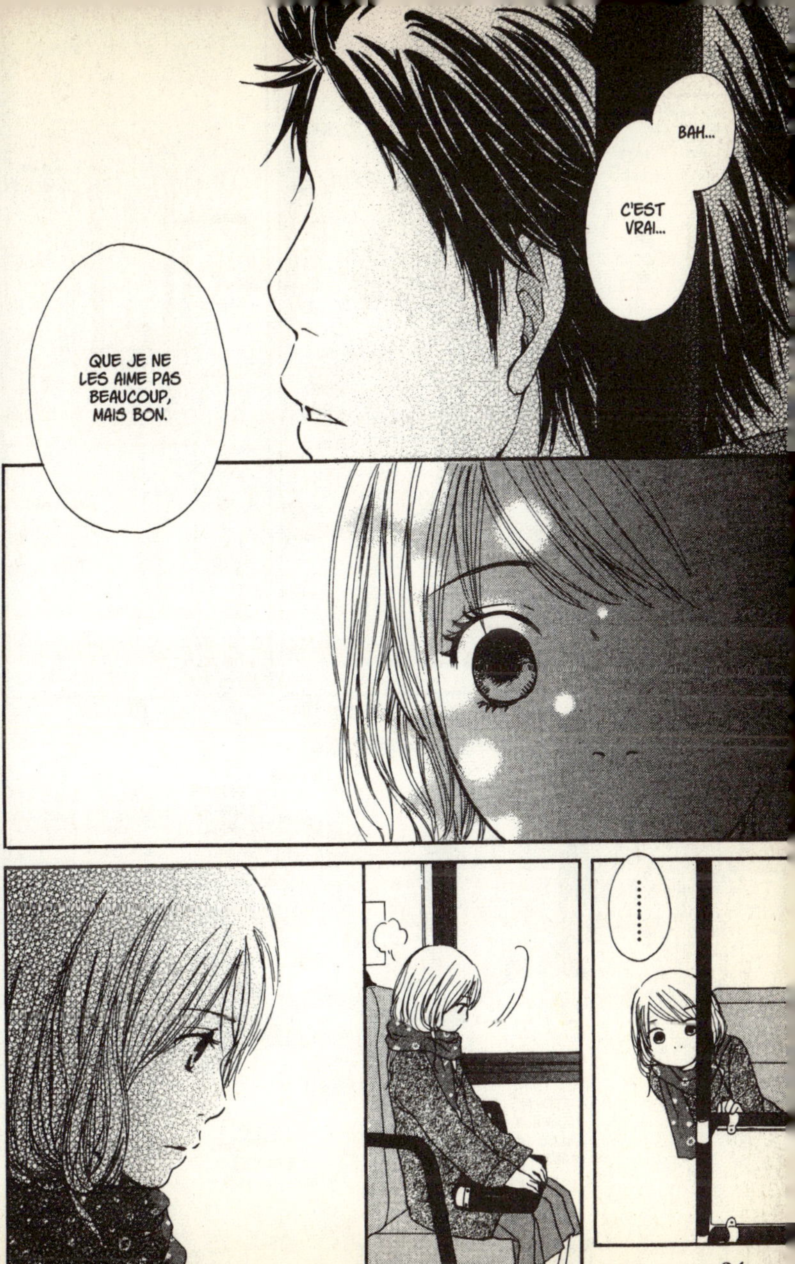
BAH...
C'EST VRAI...
QUE JE NE LES AIME PAS BEAUCOUP, MAIS BON.
......

ÇA ME TRACASSE !
TU AS FAIT LES MATHS ?
PAS ENCORE.
JE VEUX EN AVOIR LE CŒUR NET... !
HA... AU FAIT !
TU SAIS QUE DANS CE BUS...
IL Y A QUELQU'UN DE TÔKYÔ, MAINTENANT ?
HA BON ?
UN GARÇON ?
UNE FILLE !
DE L'ÉCOLE A.
MOI ?
RIEN QU'À L'ENTENDRE, C'EST DIFFÉRENT !
ÇA SE REMARQUE !
LA FOIS OÙ ON A ÉTÉ DANS LE KANTÔ...
ILS SE SONT MOQUÉS DE L'ACCENT DU KANSAI.
DEPUIS J'AI DU MAL...
MAIS TOI AUSSI TU ÉTAIS SUPER EN COLÈRE !
CE SONT DES PRÉJUGÉS...
TOUT ÇA.
SEULEMENT EUX
TU AS DIT QUE TU NE PARLERAIS PLUS AUX FILLES DU KANTÔ !

BON...
HAAA !
MATTSUN !!!
HEIN ? TU ES LÀ !?
C'EST LIBRE ICI !
VIENS T'ASSOIR !
POF
MATTSUN ?
HEIN !?
HA... OK...
C'EST RARE, TU N'ES PAS EN VÉLO ?
HEIN ?
BAH, NON.
TING
PAS CETTE FOIS.
......
HEIN ?
HEIN ?
IL N'A PAS ESSAYÉ DE ME DIRE QUELQUE CHOSE ?

HEM.
HEU...

POURVU QU'IL REPLEUVE BIENTÔT.
LES PRÉVISIONS D'AUJOURD'HUI...
KYÔTO
KÔBE
OSAKA
NARA
SUPER !
ガクー
BOM
BEAU TOUS LES JOURS !
C'EST VRAI QUE CE N'EST PAS LA SAISON...
NI LA MOUSSON.
AU MOINS J'AI UN SIÈGE...
JE VAIS POUVOIR LE VOIR.
HAA...
C'EST BIENTÔT.
UN PEU APRÈS CET ARRÊT...
HEU...

GHH
LA PRO-CHAINE FOIS...
SI JE LE REVOIS...
J'IRAI LUI PARLER.
JE LUI DEMANDERAI SON NOM.

HA...
DIS !
DÉPÊCHE-TOI DE PASSER, ÇA BOUCHE DERRIÈRE !
HEIN ?
HA ! EXCUSEZ-NOUS !

ARRÊT À L'ÉCOLE A.
ARRÊT À L'ÉCOLE A.
HA
WHA !
JE DOIS DESCENDRE !
MA POCHETTE DE PASS...
MAIS OÙ EST-CE QU'ELLE EST !?
POM
HUM...
ET BIEN ?
C'EST TOMBÉ...

IL EST...
JUSTE À CÔTÉ DE MOI !
PAS DERRIÈRE LA VITRE...
MAIS DANS LE MÊME BUS.
IL EST ICI...

GLOUP
......
ELLE A L'AIR FRILEUSE, ELLE
P... POURQUOI EST-CE QUE JE ME CACHE, MOI !?
ET SI JE LUI PARLAIS... ?
"SALUT, JE TE REGARDE TOUS LES JOURS."
"C'EST MOI, TU ME RECONNAIS ?"
MAIS QU'EST-CE QU'IL FAIT DANS LE BUS ?
HA OUI, IL PLEUT...
C'EST QUI ELLE ?
LE TURBAN !
MAIS...
N'EMPÊCHE QUE...
C'EST UN PEU INCROYABLE...
ENCORE EMMITOUFLÉE

...C'EST LUI ?
C'EST LUI ?
C'EST BIEN LUI ?

MAIS...

GNN
GNN
SI SEULEMENT J'ARRIVAIS À ME DÉPLACER POUR POUVOIR L'APERCEVOIR...

MOI QUI N'AIMAIS PAS ALLER À L'ÉCOLE EN BUS...
FINALEMENT C'EST DEVENU AGRÉABLE !
SHAAA
PCHIIII
C'EST BONDÉ, QUAND IL PLEUT...
C'EST PLEIN, À GAUCHE.
JE NE LE VERRAI PAS, AUJOUR-D'HUI...
ET MOI JE SUIS LÀ..
IL NE ME REMARQUERA PAS, ICI.
HAA...
C'EST PAR-LÀ QUE JE DEVRAIS LE CROISER...

MITAINES
PFOU HA HA
C'ÉTAIT DEVENU AUTOMATIQUE...
DE LE CHERCHER À TRAVERS LA VITRE.
J'EN AI DÉJÀ VUES COMME ÇA !
ET PUIS UN JOUR...

N'EMPÊCHE...
DU COUP JE N'AI PLUS MAL AU CŒUR !

HAA...
JE NE LE VOIS PLUS...
......
ON DIRAIT UNE GAMINE, À FAIRE BONJOUR AUX PASSANTS...
SHII

FLIP
TING
VROUUH

BAH
QUE...
IL M'A FAIT PEUR !
......
TIP

TOC
HUM
コツ
HOO !
HA HA !
HA...

JE COMMENCE À ME SENTIR MAL...
LA POIS-SE...
JE SUIS AU-DESSUS DE LA ROUE
HA...
MAIS...
C'EST LE GARÇON D'HIER ?
IL NE M'A PAS REMARQUÉE...

FROT FROT
IL S'EST MOQUÉ DE MOI...
OGAWA !
SALUT !
HO, SALUT.
TOUT VA BIEN ?
PAS DE NAUSÉE ?
NON.
ÇA VA MIEUX...
TANT MIEUX
OGAWA SHIHO, 1ÈRE ANNÉE AU LYCÉE.
JE VIENS JUSTE DE DÉMÉNAGER DE TÔKYÔ POUR VIVRE ICI, À OSAKA.
DU COUP JE DOIS ALLER À L'ÉCOLE EN BUS...
ET C'EST LÀ MON GRAND MALHEUR.
J'AI LE MAL DES TRANSPORTS !!!
GHH

HII
ブフォン
FHOUUU
ブロロロ
VOUUUH

HA !
UN VÉLO...
ÇA A L'AIR GÉNIAL...
DIRE QUE JE NE PEUX PAS, MOI...
KIII
!?
BOOM
KII
AÏE AÏE...

...Bus stop
...Bus stop
...Bus stop

... 1st BUS STOP
LA FILLE AU MAL DES TRANSPORTS
ET LE GARÇON À VÉLO

CE BUS ROULE N'IMPORTE OÙ,
TOUJOURS VERS L'AMOUR ET LE BONHEUR.

JE SUIS SÛRE QU'IL Y EN A
UN CHEZ VOUS AUSSI...

... 1ST BUS STOP

LA FILLE AU MAL DES TRANSPORTS
ET LE GARÇON À VÉLO

Bus for Spring 1

maki usami